閱讀123

國家圖書館出版品預行編目資料

我家有個遊樂園 / 童嘉文 . 圖 .
-- 第二版 . -- 臺北市 : 親子天下 , 2017.10
96 面 ; 14.8×21 公分 . -- (我家系列 ; 3)
ISBN 978-986-95267-6-0(平裝)
859.6　　106015006

閱讀123系列 —— 29

我家有個遊樂園

作繪者｜童嘉

責任編輯｜蔡珮瑤、陳毓書
美術設計｜蕭雅慧
行銷企劃｜王予農、林思妤

天下雜誌群創辦人｜殷允芃
董事長兼執行長｜何琦瑜
兒童產品事業群
副總經理｜林彥傑
總編輯｜林欣靜
主編｜陳毓書
版權主任｜何晨瑋、黃微真

出版者｜親子天下股份有限公司
地 址｜台北市 104 建國北路一段 96 號 4 樓
電 話｜（02）2509-2800 傳真｜（02）2509-2462
網 址｜ www.parenting.com.tw
讀者服務專線｜（02）2662-0332 週一～週五：09:00~17:30
讀者服務傳真｜（02）2662-6048 客服信箱｜ parenting@cw.com.tw
法律顧問｜台英國際商務法律事務所．羅明通律師
製版印刷｜中原造像股份有限公司
總 經 銷｜大和圖書有限公司 電話：（02）8990-2588

出版日期｜ 2011 年 1 月第一版第一次印行
2022 年 11 月第二版第十一次印行
定 價｜ 260 元
書 號｜ BKKCD086P
ISBN ｜ 978-986-95267-6-0（平裝）

訂購服務
親子天下 Shopping ｜ shopping.parenting.com.tw
海外．大量訂購｜ parenting@cw.com.tw
書香花園｜台北市建國北路二段 6 巷 11 號 電話（02）2506-1635
劃撥帳號｜ 50331356 親子天下股份有限公司

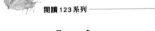

我家有個遊樂園

文．圖 童嘉

目錄

1 空曠的庭院

兩歲那年，我和爸爸、媽媽、大哥、二哥搬進了一間有庭院的古老平房。

剛搬到新家的那天，我們推開傾斜的籬笆門，只看到很小、很舊的房子，放眼望去，庭院裡全是枯木和雜草。

　　行李、家具都暫時安頓好後，第二天我們便開始清理庭院。

　　爸爸先把院子裡比較大的枯木鋸成一小段一小段，再由哥哥們負責搬到牆邊，我則負責撿小樹枝將它們堆成堆。

比人還高的芒草也由爸爸割下來，綁成一綑一綑，最後再將滿地落葉掃成一堆。土裡的大石塊、磚塊，也都盡可能的挖出來，在院子中間鋪成一條小路。

對大人來說，這是辛苦建立新家的起點；對我們小孩子來說，卻是冒險與歡樂童年的開始。

2 花草遊戲

偌大的庭院就在我們搬進來，也好好的清理過以後，不多時又長出了各式各樣的野草。

有一種野草，除了有細細長長的葉子，還會結出像蘆葦一樣的花穗。大哥教我摘下毛茸茸的花穗，握在手裡，快速一捏一放的讓花穗往上跑，然後一邊說：「毛毛蟲來了，毛毛蟲出來了！」雖然這大概只會讓第一次看到的人嚇一跳，我們還是玩得不亦樂乎。

院子的角落很快就長出許多酢漿草，酢漿草勾勾比賽是我們閒來無事時常玩的遊戲。每個人各自尋找自己認為最大、最粗壯的酢漿草，然後連根摘起。比賽時，先將酢漿草的莖預留約兩三公分，輕輕折開，但不折斷，做為手可以握的部分，然後小心翼翼的往下拉，將莖內的細絲拉出，從根部一直拉到葉片底下，細絲不能弄斷。最後再摘去抽空了的莖，變成一根細線垂著三片酢漿草葉子。

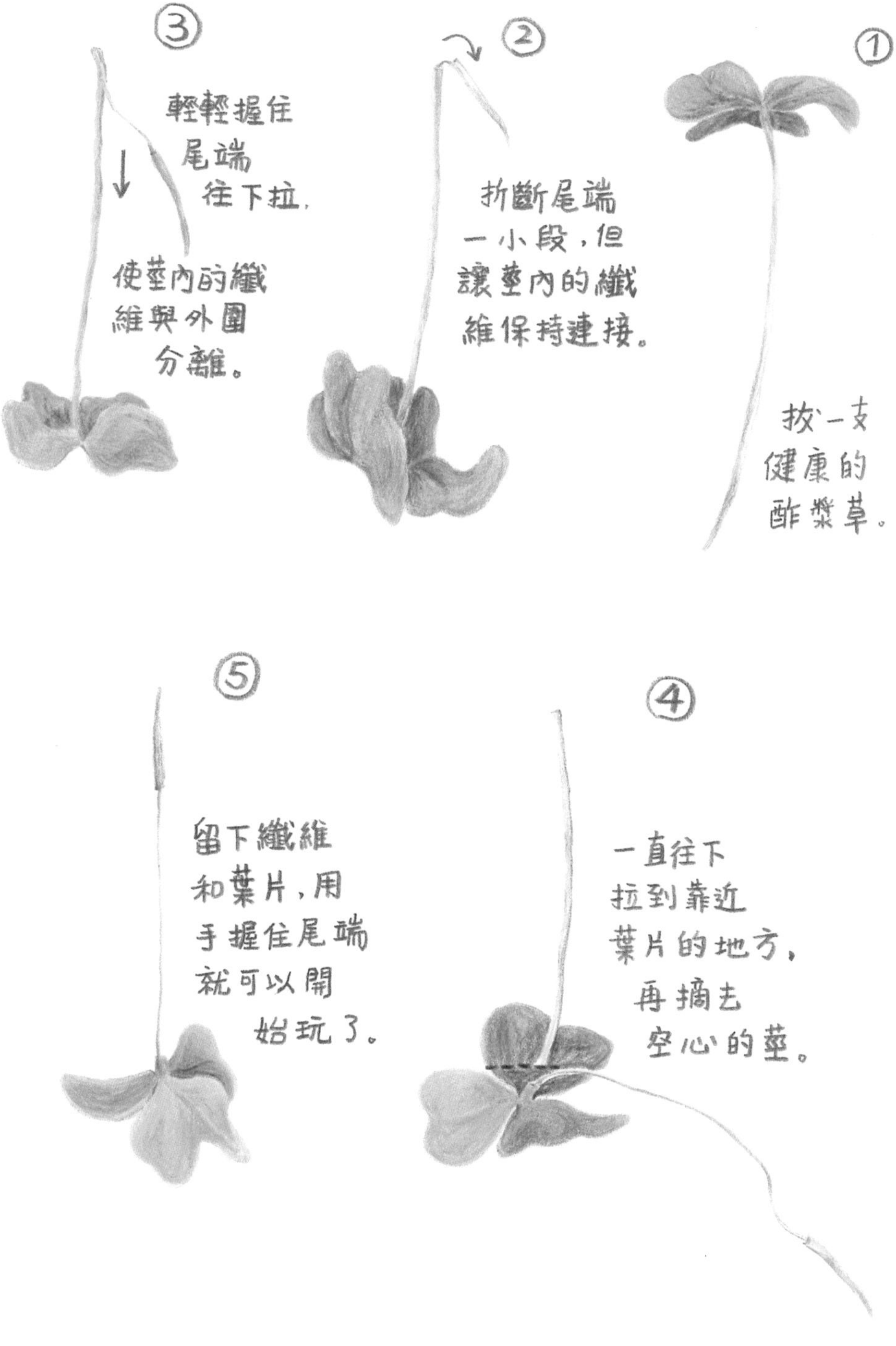
①
拔一支
健康的
酢漿草。
②
折斷尾端
一小段，但
讓莖內的纖
維保持連接。
③
輕輕握住
尾端
往下拉，
使莖內的纖
維與外圍
分離。
④
一直往下
拉到靠近
葉片的地方，
再摘去
空心的莖。
⑤
留下纖維
和葉片，用
手握住尾端
就可以開
始玩了。

兩人都準備好後，手握尾端，搖晃葉片，使兩人的酢漿草葉互相勾住，再用力一拉，誰的細絲斷了，誰就輸。

雖然理論上葉

片愈大的纖維也愈強韌，愈不容易被拉斷，所以我們常常在院子裡尋找最大葉的酢漿草，不過有時也不一定，曾經有小小的葉片卻所向無敵。

我們各自蒐集了一些酢漿草，再互相挑戰，最後留下來沒斷的，就成為冠軍酢漿草。通常撕開外莖後，留下的細絲很容易乾燥斷裂，所以不能預先撕開，要玩一個撕一個。

將酢漿草互相勾住，準備用

力拉的時候，也要靠點技巧，力道太猛的話，說不定反而會扯斷了自己的酢漿草。

總是因為年紀最小、力氣最小，玩什麼都常輸的我，這個要靠點運氣的遊戲，是少數我可以贏的遊戲。

有時，我和哥哥們也會蹲在草叢間，尋找被稱為「幸運草」的四葉酢漿草，找到了就非常開心的夾進書頁間保存起來。

鬼針草大戰當然也是我們愛玩的遊戲。當時，我們並不知道這類的野草還有咸豐草、鬼針草等等不同的名字。只知道每當牆邊到處可見的白色或黃

色小花花瓣掉落、即將要
結成果實的時候，就可以
摘下來當子彈，亂射到別
人的衣服上黏著。

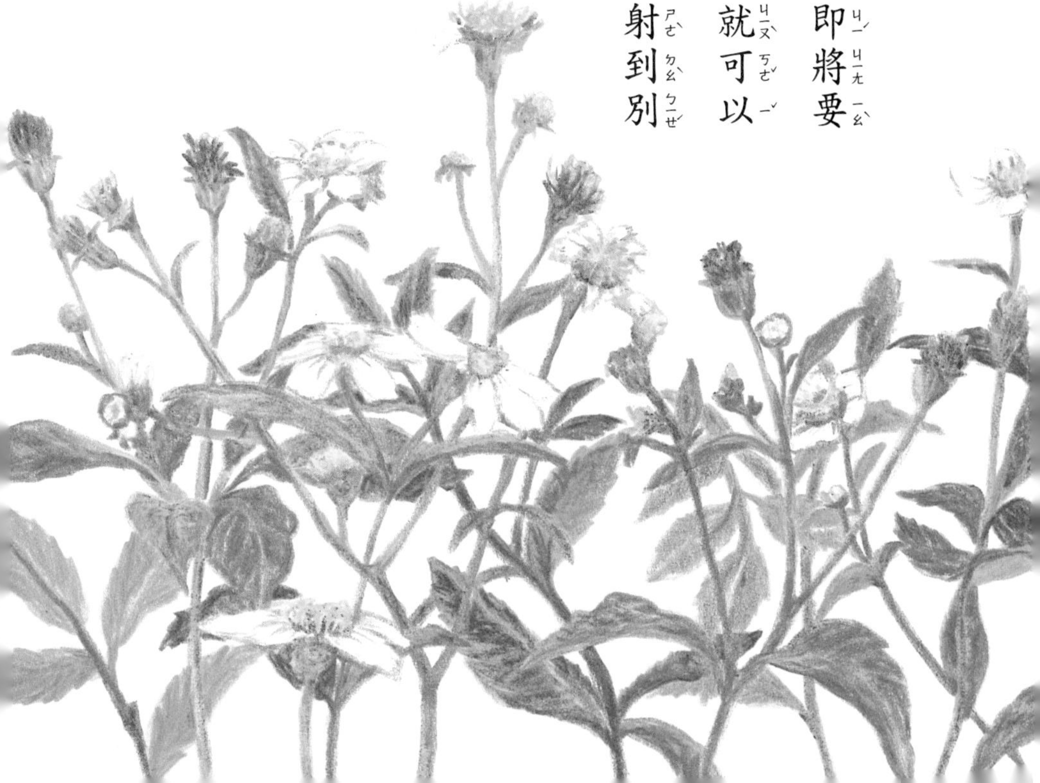

偷偷丟的話，多半都是在旁邊偷笑，一旦正式開戰，就得邊

丟邊逃，還得手忙腳亂的把自己身上黏著的鬼針草拔下來、丟回去。

如果用的是已經成熟、刺刺的瘦果來丟別人的話，通常最後就會挨一頓罵，因為鬼針草每一根瘦瘦的刺，都會牢牢的勾在衣服上，有時黏得滿身，拔都拔不完。

3 昆蟲與鳥的遊戲

院子裡草一多，昆蟲也跟著多起來。天氣好的時候，幾乎整個院子都是蜻蜓、蚱蜢、蝴蝶、蜜蜂飛來飛去，有時也有

螳螂、天牛、金龜子、蟋蟀、小瓢蟲等等。哥哥們漸漸練出了徒手抓昆蟲的技巧，而我還是每天拿著爸爸幫我做的捕蟲網，追著昆蟲跑。

剛開始，我總是會想抓些昆蟲養在自己做的小籠子裡，不過滿院子來來往往的昆蟲隨處可見，實在不需要抓起來養，關在籠子裡反而覺

得可憐，結果總是捉捉放放，或是來了新的就把舊的放走，我的昆蟲箱倒像是昆蟲旅館了。

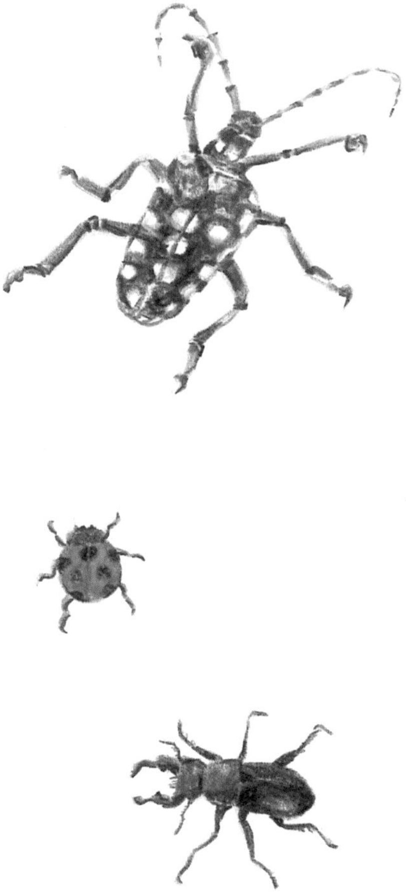

夏天的時候，院子裡蟬叫聲此起彼落。哥哥們也喜歡在長竹竿上裏上一層又一層的紗布，然後塗滿強力膠，伸長了去黏樹上的蟬。

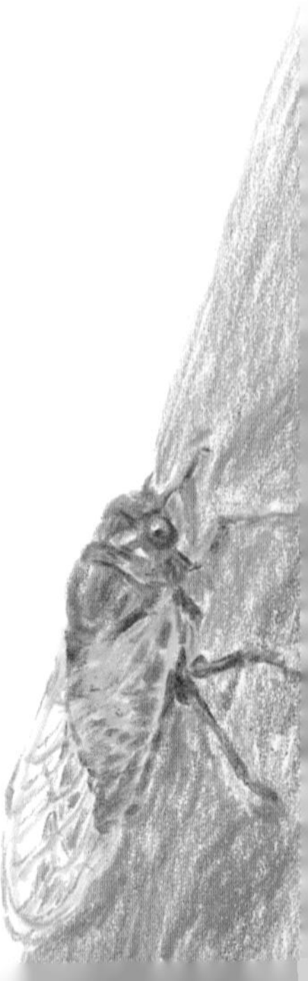

這件事好玩的成分居多，因為蟬也是機靈得很。我們小孩的手拿不穩，長長的竹竿搖搖晃晃靠近時，蟬總是先一步的察覺，然後溜走了。

哥哥們忙著抓蟬，我則是到處尋找蟬殼，一個夏天總可以蒐集到不少。

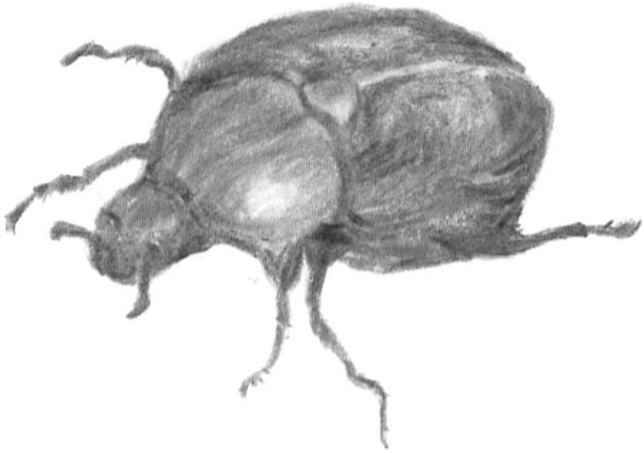

小時候我們也曾經玩一種遊戲，就是把抓來的金龜子，小心的用細線綁在牠的一隻後腳上，細線另一頭綁個能套在手指上的小圈圈，然後用手指勾住小圈圈，放開金龜子讓牠飛翔，像是在遛金龜子，也像是在放風箏。

因為被拉住的關係，金龜子會繞圈子打轉，只是有些金龜子不知是嚇壞了，還是知道被綁了線，就賴著裝死不肯飛。我們怕金龜子會累昏，所以通常讓牠飛一會兒，便放牠自由。

除了每天與昆蟲為伍以外，院子裡最多的訪客大概就是麻雀了。麻雀總是趁我們稍稍走遠的時候，飛下草地來四處尋找食物，只要我們一靠近，就又機靈的立刻飛走。

我和哥哥們常常天真的想要抓麻雀來養，不過我們的昆蟲網並不管用，所以就用一根短竹子綁上長長的繩子，再拿飯桌上蓋菜盤用的罩子，立起短竹子撐住罩子，然後在罩子下面灑些米粒。我們守在遠一點的地方，手拉著繩子靜靜的等。心裡想著，要是有麻雀來吃米，只要拉動繩子，就可以讓罩子蓋下，捉住麻雀了。

沒有菜罩子可用的時候，哥哥也會想辦法變通，抽出書桌的抽屜，把東西都先倒出來，然後在院子的草地上用小木棍撐起來做陷阱。

我們總是很有耐心的端個小椅子，躲在房屋轉角或是樹後面，有時一等就是個把鐘頭。麻雀似乎很清楚這是陷阱，在附近走來走去，就是不肯走到籃子或抽屜下面。有時麻雀才稍微靠近，我們就心急的拉倒竹子或木棍，卻都沒有罩住任何麻雀。

雖然一次也沒有成功過，但在好天氣又無聊的夏日午後，這把戲我們總要玩上好幾回。

4 好戲上演

小時候時間好像多得用不完，我們三個「無聊」的小孩，除了當父母的好幫手以外，還是有很多「無所事事」的時間，所以院子裡也常常有好戲上演。

演戲當然要先搭布景，我們把所有能利用的椅子、木板、紙箱、竹竿、草蓆等，統統搬到院子中央，要玩海盜尋寶就搭海盜船，要去西部拓荒就搭篷車，不然就是做成坦克車或碉堡，上演第好幾次世界大戰。

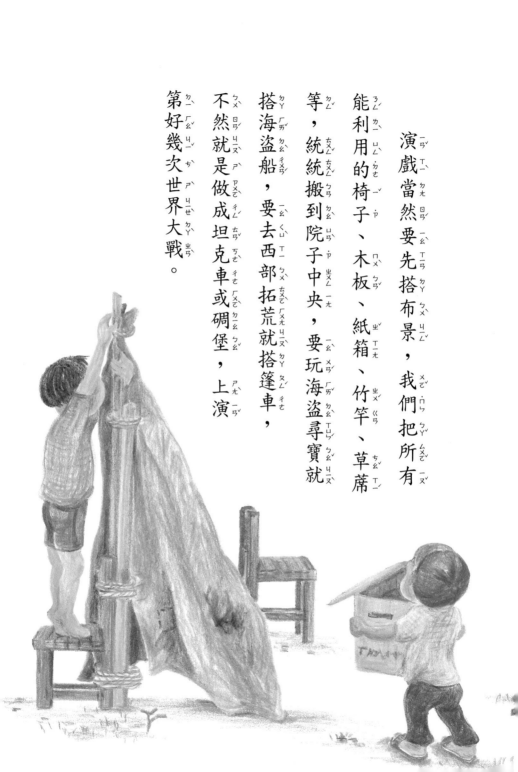

在院子裡玩的扮演遊戲，幾乎都跟當時的電影或電視影集有關，那時流行什麼我們就演什麼。

由於父母教導有方，我們三兄妹從小就遵守長幼有序的規矩，即使玩樂也一定是大哥領頭。大哥總是導演兼最佳男主角，二哥是男配角，我是永遠的小配角再身兼數職。海盜大哥二哥出海尋寶時，我在水手船上負責打掃舺板，或是跳上小島去充當土著和猴子；西部神槍手大戰印地安人的時候，我就「喔喔」學印地安人叫著出場，然後要在哥哥們喊「砰！砰！砰！」的時候，配合「啊——」一聲慘叫，中槍倒地，一個下午死好幾回。

5 東躲西藏

空曠的院子裡，我們一年一年的種下了花草樹木，幾年後，爸爸在後院圍牆邊幫我們三個小孩蓋了一間小屋子。後來因為養烏龜的關係，又開始挖烏龜水池、蓋烏龜房子。院子裡植物愈茂盛，我們小孩玩樂的花樣也愈多。

我和兩個哥哥經常在院子裡玩捉迷藏，這是我唯一可以靠人小佔到優勢的遊戲。不過哥哥們也是箇中高手，往往躲到我找得快哭出來時才現身。因為常常玩的關係，常躲的地方很容易被找到，為了出奇制勝，我們總是要想出很奇特的方式來躲，有時還要找掩護。

有一次二哥很迅速的鑽入乾草堆，一動也不動的躲了好久；大哥則是可以像練過輕功一樣，夾在樹枝和屋簷之間；我因為年紀最小，個頭也最小，有時也會投機取巧，藏身在一旁聊天的大人身邊，大人因為好玩，偶爾也會故意掩護我。

在這個大院子裡，若是躲得好，有時還真是找不到呢！

人躲膩了，就藏東西，尋寶遊戲似乎對每個小孩都充滿吸引力。除了藏東西讓其他人限時尋找之外，我們也常常畫尋寶圖，「暗示」寶藏的位置。玩的人得先找到尋寶圖，然後還得看得懂尋寶圖，最後才能找到寶藏。

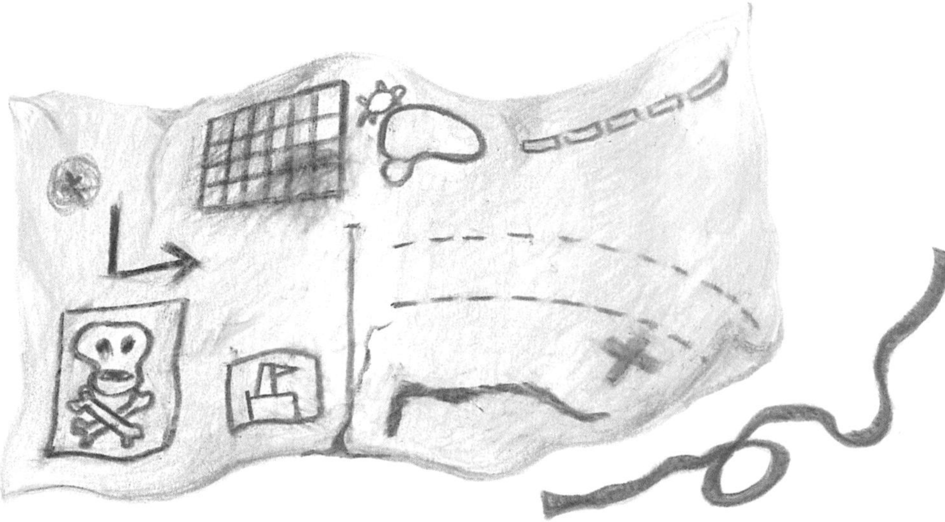

只是那樣的年代，像我們這種小孩子，挖了半天的寶藏常常只是一個舊玩具，或一個瓶子、一個盒子、一個蓋子。儘管如此，大家還是很開心能找到寶物。

6 射擊訓練

玩射擊遊戲，可說是我們那個時代的小孩最熱中的活動之一。當然，所有的射擊工具、子彈都得自製。

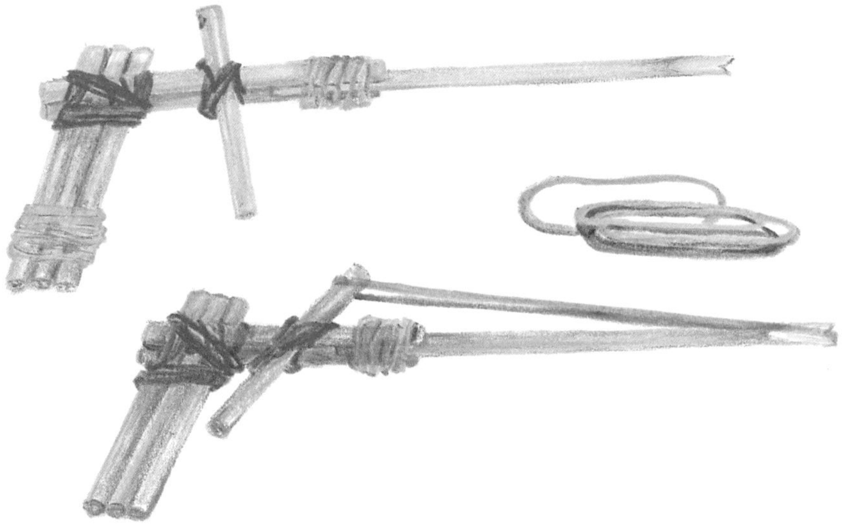

手工精巧的大哥，會用橡皮筋組合木頭筷子，做成一種可以射橡皮筋的手槍，通常我都是纏著大哥要他做一把給我。

①

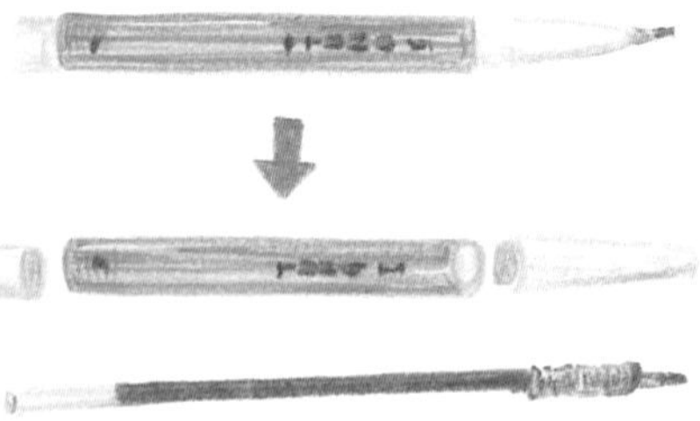

②

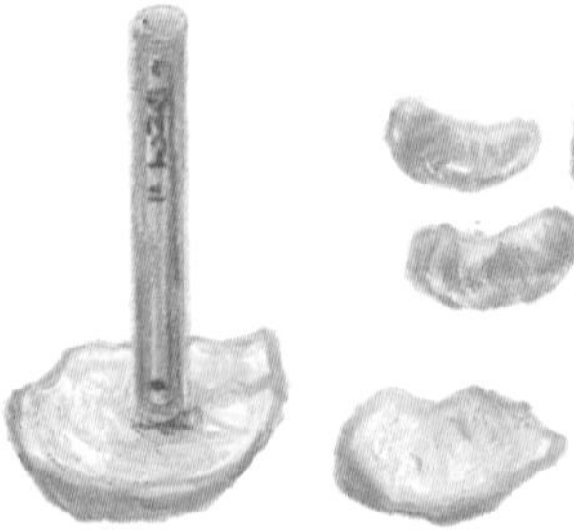

除了筷子槍之外，我自己能做的就是橘子皮槍。其實應該說是橘子皮子彈，因為我們只是把原子筆的筆心折下來，用中空的外殼去頭去尾，變成一個空管子，然後在空管子兩頭先後對著橘子皮，垂直而用力的壓出一個圓形的橘子皮，剛好塞在筆管口，然後拿竹筷子從另一頭用力推，橘子皮就會「啵」一聲的飛出去。

③

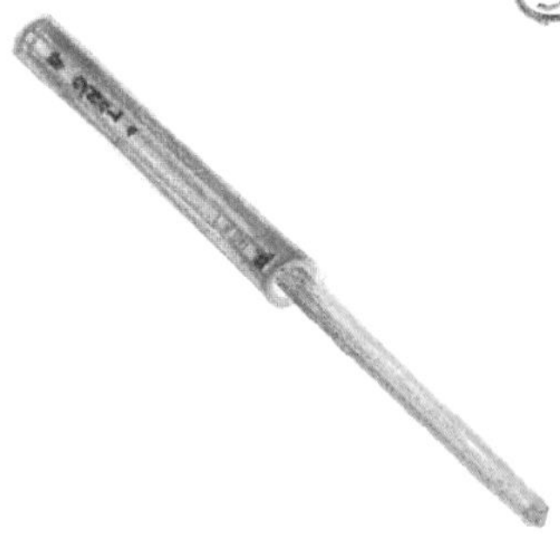

因為是子彈橘子皮，被射中了也不會痛，是少數可以對著人發射的玩具。只是每射一次就得重壓橘子皮，子彈補充很慢，而且還得有足夠的橘子皮才行。

①

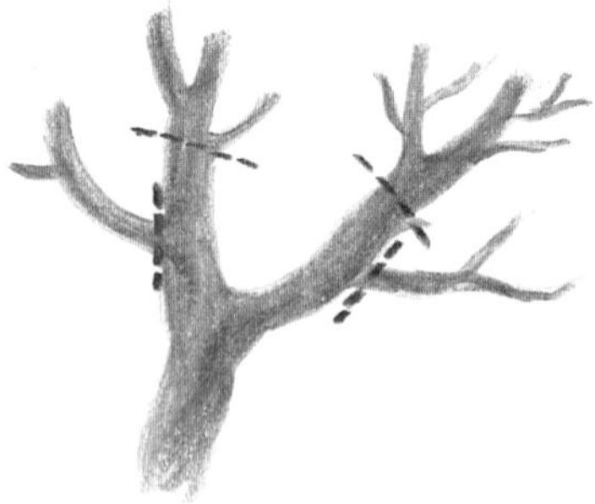

②

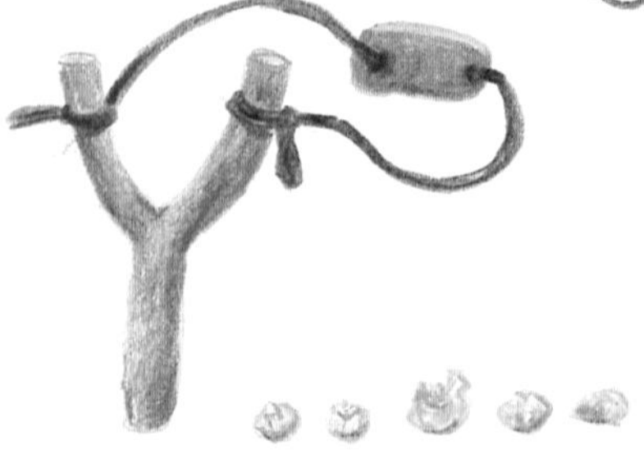

相對於「溫和的」橘子皮槍，彈弓就算是一種威力強大的武器了。哥哥們會從枯木堆中，選出形狀剛好是Ｙ型的樹枝，鋸下多餘的樹枝分岔，留下手可握住的長度，然後在樹枝岔開的兩端綁上寬橡皮，就完成了。

最「標準」的彈弓玩法，當然是拿小石子來射，不過因為相當危險，射到人，尤其是眼睛，就非同小可，不小心也可能會射破玻璃。

所以在我們家院子，用彈弓射小石子是被禁止的。哥哥們通常都用廢紙，揉成小團當子彈，或是用豆子、樹籽這類院子裡可以撿到的天然子彈。我因為力氣小、技術差，總是無法很瀟灑的像哥哥們一樣，擺出射彈弓的英姿。也因為膽子小，每次哥哥們玩彈弓的時候，我怕被打到，一定趕快溜走、躲起來。

有了發射器，當然也要有靶才好玩。射擊遊戲最常用的靶就是我們自己畫的紙靶，在紙上畫上一圈一圈，塗好顏色，標示分數，有時掛在樹上，有時架在椅子上，一張紙做的靶總要射到破破爛爛為止。有時哥哥們比賽，就由我充當計分員。

1
2
3

紙做的靶玩久了覺得無趣，我們就會在長椅上擺放各種我們想得到、拿得到、可以射的東西來當目標。有時候是從院子裡撿來乾掉的芭樂，或家裡不要的紙盒、罐子；有時候用媽媽做裁縫的剩布，綁成

小人偶當敵軍；有時候用樹枝插上乾葉子做成各式各樣的造型。總之就是發揮想像力，做出各種東西來。

玩固定的靶不過癮，還會用細線把東西綁在樹上，有風搖動時射擊更有臨場感。

射擊遊戲千變萬化，百玩不厭。我們甚至會隨手拔來院子裡的牛筋草（一種雜草），將細長的花穗部分打個結，做成一支一支的小草人，然後豎立在土堆上，再每人拿十來條橡皮筋，

對著小草人發射，看誰射倒的多就贏。

通常，哥哥們都會在泥地上畫下一道不可以超過的射擊線，我因為是小妹的關係，常常就會賴皮要求前進一點，哥哥們也都會讓我。雖然如此，我還是每次都輸。

7 呼朋引伴

小時候，家裡的院子除了我們三兄妹玩耍以外，也常常相約鄰居、同學、親戚小孩同樂，隨著人數的多寡玩不同的遊戲。

男生多的時候，常常就是騎馬打仗，激戰一下午，或是玩搶帽子遊戲。女生多的時候，比較常玩老鷹抓小雞、鬼抓人或跳橡皮筋之類。

人夠多時，最常分成兩隊打棒球。球、球棒、壘包總是克難應用可以找到的東西，隨機應變也能玩得不亦樂乎。尤其是在中華少棒狂熱的年代，整個暑假院子裡都成了棒球場，加油歡呼聲不斷。

而男女不拘、老少咸宜的遊戲首推「一二三木頭人」，和「叫號碼接球」了。

每逢涼風徐徐的夏日傍晚，閒來無事的小孩們，先猜拳決定誰當「鬼」，其他人遠遠站成一列，趁

背對著大家的鬼喊出：「一二三木頭人！」時，偷偷向前移動，等鬼喊完口令，一回頭，所有人都得靜止不動。

這個看起來很簡單的遊戲，總是因為有人做出怪動作，讓人忍不住笑而亂動犯規，被鬼抓去。

叫號碼接球的遊戲則是每個人選一個號碼當代號，拿著球的人一邊把球往上拋，一邊喊出號碼。被叫到號碼的人必須趕緊把球接住，不能讓球落地。大家為了要贏，往往邊接球邊偷瞄哪個號碼的人離球比較遠，或是故意把球丟很高或很低。這個簡單卻變化多端的遊戲，有時連大人都忍不住加入，一塊兒玩了起來。

8 滿園遊走

說起自製玩具，我們也會拿兩根和人一般高的木棍，在下方用短木棍釘上踏腳的三角形，做成踩高蹺的道具。

技術高超的哥哥們，常常故意耍花樣，把踩腳處釘得很高，走起來高人一等、虎虎生風，我則是跌跌撞撞走兩步就東倒西歪。

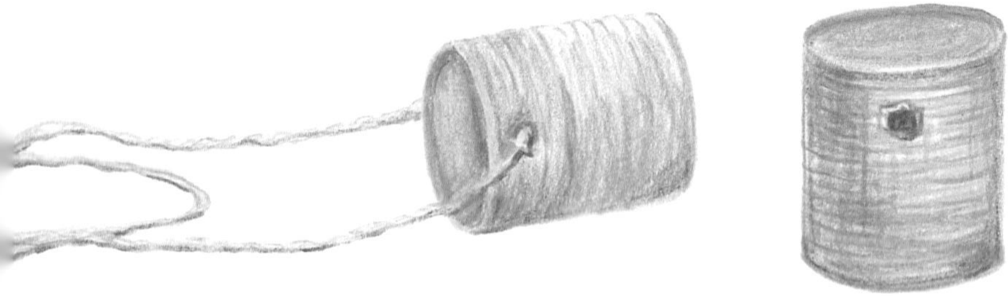

另外，比較簡單的競走遊戲，當然就是踩罐子了。我們完全是廢物利用、自己動手做，拿不要的空鋁罐或鐵罐，在罐子左右各

用鐵釘打一個洞，綁上長度適中的繩子，一腳踩一個罐子，雙手提著繩子走。

有時大家在院子裡比賽，因為走得急，加上泥土地面凹凸不平，摔得四腳朝天、鼻青臉腫，或是踩凹了罐子、拉斷了繩子，都是常有的事。那個

時候，我們每天玩得灰頭土臉，就算受傷擦破皮也都不以為意。

9 鞭炮大戰

每到過年，放鞭炮一定是哥哥們最期待的玩樂。以前放鞭炮沒有什麼禁忌，只要遵守媽媽訂下的安全規則，能在雜貨店買到的都能玩。

可惜我是連火柴都不敢點的膽小鬼，頂多小心翼翼的拿著哥哥幫我點好的仙女棒尾端過過癮，快燒到盡頭時就嚇得趕緊放手，為此總是會被嘲笑一番。

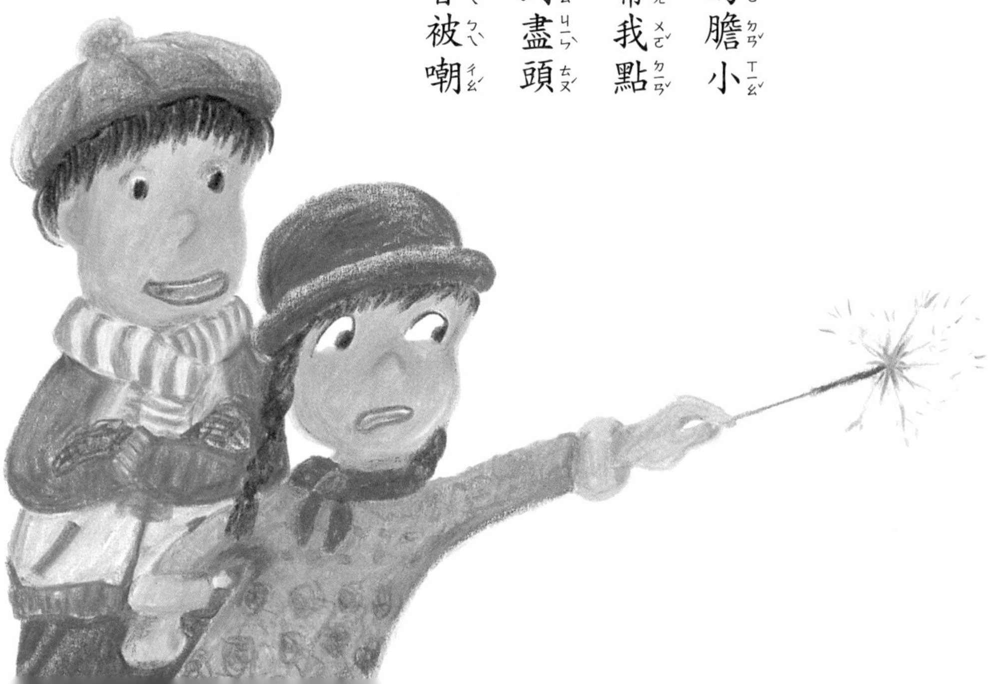

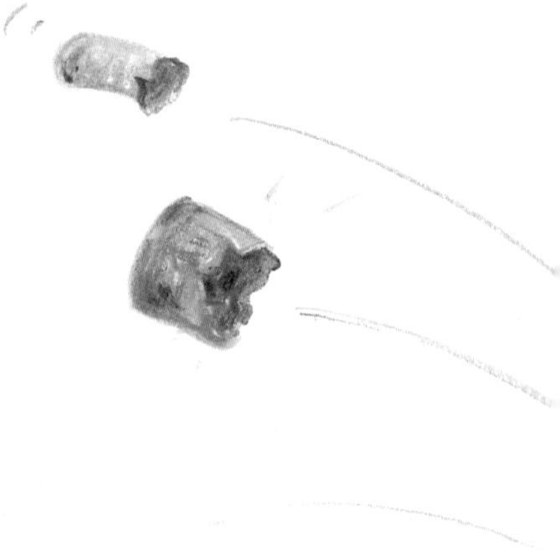

哥哥們玩鞭炮的花樣可多了。大龍炮因為「威力」最強大，是他們的最愛。其實我們所謂的大龍炮，就是把一長串的鞭炮，一個個拆下來罷了。哥哥們會利用這些單個的鞭炮，設計出各種引爆方式，同時或是連續爆個不停。有時也利用其他道具，像是罐子、盒子、樹枝等等，製造不同的爆破效果。

印象中最常玩的，就是拿沒用的空罐頭，挖了洞放進大龍炮、拉出引線，再擺在地上，上面疊上更多的罐子。大哥一點燃引線，我們其他小孩就四散逃開，躲到房子角落或是樹後面，摀住耳朵，等待鞭炮引爆，看罐頭被炸飛得老遠。當然有時也會「設計失敗」，鞭炮爆炸，罐頭卻文風不動。這時，我們大家便因為虛驚一場而哈哈大笑。

除了大龍炮以外，沖天炮因為比較貴，算是當時的奢侈品。哥哥們領了壓歲錢，買到一些沖天炮會格外的珍惜，特別留在晚上發射。因為只有在夜空中，才看得到沖天炮的火焰。

哥哥們還會自製「炮臺」，讓沖天炮同時發射，且射往不同的方向，或是利用引線做成連續發射的效果。沖天炮相當「陽春」的火花，和今天大家常常看到的美麗煙火當然無法相提並論，但在那樣的年代，卻是年節夜晚大家最期待的餘興節目。

10 告別童年

想想小時候曾經在院子裡玩的遊戲，其實還有不少。像是打彈珠、丟罐子、射飛機、放風箏，自己製作模型飛機、模型船來玩，或

是踢毽子、打陀螺。天氣好時有天氣好時的玩法，下雨天有下雨天的樂趣，雖然只是泥土地的普通庭院，卻是變化無窮。

十六歲那一年，因為必須搬家的緣故，我們告別了這個有院子的家。

曾經荒蕪空曠的院子，漸漸的種滿了花草樹木，也養過一些動物，最重要的是，這裡是我們童年玩樂的場所。在物質並不豐裕的年代，所有的玩具都靠就地取材巧手變化，所有的遊戲都要自己發揮想像力隨機應變，可是歡樂不減，笑聲不斷，留下許許多多難忘的回憶。

我家院子的老照片

大哥、二哥和我是童年玩樂的好夥伴，空曠的院子是我們每天活動的地方。這一天，我們的領頭大哥是牛魔王，威風凜凜的指揮我們兩個小跟班。

過年時，親戚來家裡拜年，看我們小孩子在院子裡玩得不亦樂乎，大人們也忍不住紛紛下場玩了起來。有時，玩得比我們小孩還投入哩。

隨著年齡的增長，喜歡玩的遊戲也隨著改變。流行跳橡皮筋的那幾年，我們總是自己編了長長的橡皮筋，在院子裡跳過來跳過去。竹籬笆圍牆也在幾次被颱風吹倒後，改建成磚牆。

關於作繪者　童嘉

本名童嘉瑩，臺北人，按部就班的唸完懷恩幼稚園、銘傳國小、和平國中、中山女高、臺大社會系，畢業後按部就班的工作、結婚、生小孩，其後為陪伴小孩成長成為全職家庭主婦至今，二〇〇〇年因偶然的機會開始繪本創作，至今已出版三十本繪本、插畫作品與橋樑書等，每天過著忙碌的生活，並且利用所有的時間空檔從事創作。近年更身兼閱讀推廣者與繪本創作講師，奔波於城鄉各地，為小孩大人說故事，並分享創作經驗。

相關訊息請參考[童嘉]臉書粉絲團

閱讀123